오선지에 뿌린 꽃씨

이민숙 제3시집

시음사
시사랑음악사랑

1부. 여름 갈무리

3부. 당신을 생각해 보아요

QR코드 스마트폰으로 QR 코드를 스캔하면
시낭송을 감상할 수 있습니다 본문
시낭송
감상하기

 제목 : 고요한 바다
시낭송 : 최명자

 제목 : 가을의 기도
시낭송 : 박영애

 제목 : 이별하는 낙엽들
시낭송 : 박영애

 제목 : 들꽃의 고백
시낭송 : 최명자

 제목 : 봄 같은 사람
시낭송 : 박남숙

 제목 : 부모님 보고 싶습니다
시낭송 : 박영애

 제목 : 당신을 생각해 보아요
시낭송 : 박영애

 제목 : 사랑은 아픔입니다
시낭송 : 박남숙

 제목 : 추억 속을 걸으며
시낭송 : 최명자

 제목 : 함께라서 아름답지 않던가
시낭송 : 박남숙

시인은 자연을 이야기하고 시낭송가는 자연을 품었다
글자는 날개를 달아 언어로 날고 소리는 자연에 눕는다

혼성4부합창곡

추억의 빗방울

오선 이민숙 작시
심진섭 작곡

** 음표 위에 " 〜 "로 표시된 기호는 지휘자의 재량에 따라 생략가능함.

1부. 여름 갈무리

여름 갈무리

짙은 그리움은 청산이 되고
한자락 색바람이 스르륵 전해주는
들국화 노오란 편지는
갈색 기다림이 짙어져 촉촉하게 젖는다

곱다시 품을 수 없는 사랑
여름 질 때 바람꽃 따라 간 그 사랑
들 창가 바람 이는 날이면
그 속을 헤아릴 재간이 없어 멍울지고

애련한 생각 끝쯤 깊이 다녀오다
멈춘 발걸음은
꼼짝없이 늪에 서서 숲을 보고 있다

간밤 바람꽃은
꽃잎 향기 무게를 견디지 못하고
더없이 흔들리다 끝내 끝끝내
여름 사랑 뜨겁게 태워 꽃대만 남겼다

달무리 지던 들 창가
수없이 노크했을 쓰르라미 구애는
밤새 목놓아 칭얼대다
슬픈 바람꽃 다비식을 좇아가더니
기어이 하얀 허울만 앙상하게 벗어 놓았다

고요한 바다

아린 기억도 어둡던 고독도
너울너울 파도에 밀려가고
이제 더는 넘어야 할 그 무엇도
남아 있지 않습니다

머물 수 없는 바람은 알고 있지요
물고기 떼 춤도 바닷가 조개도
모래 속으로 하나 둘 숨어 든 까닭을

일렁이는 해일은 알고 있지요
무던히도 어긋나는 생각을
조각조각 기워 가며
흰 모래밭에 새겨 둔 그 마음을

큰 파도를 삼켜버린 저 바다는
티끌 하나 남을게 없이 쓸어가도
더없이 사랑했던 그 마음은
도무지 쓸어 갈 수 없었나 봅니다

까만 점들이 되어 버린 글씨를
일렁이며 오가던 물빛으로
한 점 남김없이 하얗게 지웠으나
달콤한 추억은 한 점도 지울 수 없었나 봅니다

제목 : 고요한 바다
시낭송 : 최명자
스마트폰으로 QR 코드를 스캔하면
시낭송을 감상할 수 있습니다

14

관계

세상 사람들이 모두
나를 좋아할 필요는 없다
나도 세상 사람 모두를
좋아하는 것이 아니기 때문이다

마주 앉으면
숨이 턱 막히는 사람도 있고
주는 것도 없는데 곁에 있으면
웃음이 번지는 사람이 있다

줏대 없이 휘둘리는 사람은
남이 하는 말이 삶의 기준이고 법이라
본인 생각은 땅속에 묻어 놓고
남의 말 퍼다 하는 걸 좋아한다

선과 악은 가름하기 어려워도
보이는 것이 전부가 아닐신대
싫은 사람 때문에 속상하다면
그 사람도 속은 편치 않았을 거다

살다 보니 어쩌다 싫은 사람은
꼭 나를 닮았더라

물길은 막히면 돌아가고
돌아갈 길이 없으면 방천이 터져
수위 조절을 하는 것을 보면
사람 관계도 물길과 같더라

보이지 않는 것들

가까이 붙어 있어도
내 눈썹을 내가 볼 수 없는 것은
멀리 보고 깊게 보라는 까닭입니다

아스팔트에 무수히 깔려 있는
앞선 발자국을 볼 수 없는 것은
새 길을 열어 보라는 까닭입니다

졸졸 흐르는 물소리가 요란해도
물빛을 볼 수 없는 것은
생각이 한참은 얕은 까닭입니다

고요하나 짙푸른 물빛은
말하지 않아도 깊은 생각이
시끄럽던 아이가 어른이 된 것 같이
깊은 마음을 보이기 때문입니다

눈을 뜨고도 보지 못하는 것은
돌아앉아 등을 보이는 마음 때문이요
눈을 감아도 보이는 것은
닫힌 마음을 열었기 때문입니다

까만 하늘

하늘도 힘겨워 먹비를 퍼 붓는다
쿵쾅 번쩍 번개는 괴성을 지르고
먹구름이 휘몰아치면
질풍노도의 회오리는 점토를 쓸어

확진자 양성반응이란 낙뢰로
준비 없는 사망신고서를 들고
누구든 붙잡겠다는 심산이다

무슨 죄목으로
민초의 목줄을 조여오는지
저 하늘이 답할까
이 땅이 대답할까

망국으로 치닫는 코로나로
시대적 피눈물이 번져나가도
일말의 책임은 누가 질 것인가

단 한 번도 살아 보지 않던 삶
입 막고 숨 죽여 살아 내야 하는 재난 앞에 부서져 내리는
생활 경제의 암울한 낙루

꾹꾹 참아 오던 선한 민초의 눈에도
핏발이 어리고 끝끝내 그렁그렁
붉은 이슬이 맺힌다

거울에 비친 나에게

밝은 톤의 화사한 웃음 뒤에
텅 비듯 고요해지는 고독은
어설프고 서투른 모습이 겸손하지 못해
때때로 부끄럽기 때문입니다

가끔은 오만하여 목소리 높였다가
이내 고개 숙이는 것은
반듯한 그대를 바르게 보지 못하고
순한 그대를 부족하다고만
생각했기 때문입니다

가끔 손으로 입을 막고 싶은 것은
부드러운 말을 두고
내 고집과 아집을 내세워
다름을 인정하지 못하고
아프게 찌르는 말을 하였기 때문입니다

맑은 그대를 두고
물고기도 맑은 물에는 살 수 없다며
어두운 그림자를 묵인했으며

늘 배려를 외치지만 말뿐이고
촘촘히 들어찬 욕심을 거둬내지 못하고
때때로 내가 먼저였습니다

더없이 고운 글을 적는 나는
더없이 고운 사람이 아님에
가끔 고개를 들 수가 없습니다

독도

방파제를 할퀴는 망망대해
검푸른 바다에 우뚝 서서
하루를 밀어 올리는 햇덩이를
두 팔 뻗어 품어 안고
대한의 푸른 심장을 지키고 섰다

한국령의 깃발을 가슴에 꽂은 독도는
넘어져도 발딱발딱 일어서는 오뚝이같이
격동의 시대에도 오천 년을 이어 온다

대한의 긍지인가 혈손의 기백인가
동녘에 콕 찍은 복점
황금어장 품고 있는 온 국민의 사랑 덩이를
괭이갈매기도 알고 있었는지

오천만의 염원을 날개에 달고
지천의 힘으로 끼룩~아리랑
끼룩 끼룩 ~아리 아리랑
하얀 태극기가 되어 하늘을 지키고

땅을 지키는 보랏빛 해국은
무궁화의 기운을 담뿍 받아
조국의 바램을 꽃잎에 담아 놓고
덩더쿵 쿵덕 덩더쿵 뿌리마다 지신을 내려
독도를 둘러싸고 세세 무궁 피고 지고 핀다

*제9회 매헌 윤봉길 문학상 작품

변심

한때는 네가 최고다
그리 말하던 임께서
어이하여 검증도 안된 뜬 소문에
수십 년 세월 모른다 등 돌릴 수 있나요

귀가 두 개인 것은
양쪽 말을 들어보라고 할진대
남의 말 퍼다 하기를 좋아하는
질투쟁이 이간질쟁이 내숭쟁이

바보야 이 바보야
그 쟁이들 말을 듣고
한쪽 귀만 열어 두셨나요

가려서 보라고 두 눈이 있고
새겨서 들어 보라고 두 귀가 있을 터

오른손에 들고 있는 선물만 보았고
왼손에 무엇인지 못 보았나요
두 눈은 두 손을 보라고 있을 터

오늘도 어제저럼 그대로 있는네
뒤돌아 앉아 변했다 변했다
말 없는 저 강물이 알까
말 없는 저 숲이 알까
말 없는 세월도 모른다 손사래 치네요

볕뉘

사람은 많은데
마음을 나눌 사람은 드물고
지천으로 꽃은 피어도
내 마음에 닿는 향기는 드물다

온통 음악이 쏟아져 나와도
두 귀를 쫑긋 세울 선율은 드물고
쏟아지는 글 중에서도
가슴이 뭉클한 글은 드물다

그렇다 하여 마음을 닫아 버리면
드물게 오는 것도 닿지 못하고
귀 막고 눈 감아 버리면
오가는 것조차도 끊겨 숨이 막힐 테다

나부터 귀를 여닫고 눈을 깜박이며
마음의 등불을 밝혀야
세상은 막히지 않고 통하니
한줄기 볕뉘로부터 어둠은 밝아질 것이다

*제9회 매헌 윤봉길 문학상 작품

빈집

윙 하고 회색빛 바람이
대숲에서 고독으로 불어온다

오수에 잠긴
툇마루 고양이 보이지 않고
삽짝에 꼬리치던
강아지 어디로 갔나

이끼 내린 샘에는
수정 같은 물방울 소리
거미줄에 숨어 울고

저만치 앞서가는 세월
눈치채지 못하는 돌담 감나무
아람으로 익은 알밤은
까슬까슬한 털옷 벗어 뛰어내리고

뒤란을 돌아 나온 먼 기억은
정지에 우두커니 머물다
우물가 앵두나무에 걸려 있다

소태같은 쓴 내 푹푹 뿜어내던
빛바랜 평상에 엄마 얼굴 보인다
빈집을 돌아 나온 쓸쓸한 내 마음
엄마 곁에 길게 누워본다

대한 독립 100년을 기리며

거룩한 분노 마른 침묵
대한독립만세 부르던 날까지
살아도 살지 못했을 일제강점기
독립의 외침이 혈관을 타고 들끓고 있었다

이국땅 상하이에서
왜 놈의 수장에게 폭탄을 던진 25세
꽃다운 청춘은 100년 전 그날
그는 산 채로 목을 꺾었다

억압과 치욕 속에서 자유를 찾아 헤매던
피맺힌 영혼들 숨죽인 세월아
아! 어찌 견디었을까

빼앗긴 국토 잃어버린 언어를 찾던 날
붉은 꽃들도 온 산야도 두 팔 들었고
하루해가 짧은 구름도 여린 새싹도 태극기를 들었다

울분을 꺾을 수 없던 조국의 지조가
삼천만의 가슴에 흰 깃발로 나부끼니
언 강도 녹아 만세를 외치며
붉은 눈물로 해방된 바다로 흘렀다

처절한 슬픔과 고문의 절규는
만세 삼창 뜨거운 목젖 울분 토할 때
멈추었던 심장도 검붉게 뛰놀고
숨죽인 환희가 봇물처럼 터졌다

100년 전 의사 윤봉길의
숭고한 죽음은 5천만의 가슴에
영원히 지지 않는
독립의 꽃으로 피어있다

*제9회 매헌 윤봉길 문학상 대상

사람아 사람아

꽃은 향기로 피고
새는 울림으로 말한다
사람도 향기로 필까
사람도 울림 있는 말을 할까

앞뒤가 똑같은 나무는
보이지 않게 자라다 적당하게 멈춘다
무조건 물줄기를 받아 들여
끝까지 흐르는 물을 보라

사람도 나무처럼 앞뒤가 같을까
욕심이 자라다 멈출까
인연은 끝까지 물처럼 흐를 수 있을까

동물은 또 어떤가
뿔을 가진 동물은 이빨이 없고
이빨이 강한 동물은 뿔이 없다지

사람아 사람아
없는 것에 두덜내시 말고
있는 것에 감사해야 하는 이유요

향기 있는 울림으로
앞뒤 같은 사람으로
한결같이 흘러야 되는 이유다

북향화

눈물 젖은 하얀 손수건
한 잎 한 잎 포갠 목련의 사연
고택 담장 너머 아득한 기다림
하얀 목덜미 길게 뻗어 피어난 그미

아낌없이 하루 해를 다 내어 준
노을 앞에 무슨 아픔으로
손수건 꺼내 들고 울먹울먹 울먹일까

필시 사연이 있었던 게야
담장을 넘은 목련의 분 냄새는
어제밤 흔적을 지울 수 없었던 게지

달빛 따라 겁 없이 월담한 그미
연꽃의 얼굴로
목련의 이름표를 달아 놓고
흙 묻은 백양목 치마가 바람에 펄럭인다

헤벌쭉 크게 벌린 그미의 입
벌써 가슴에는 바람이 가득 들었을 터
봄바람에 나부끼는 그미의 서글픈 사랑

잊을 수 없던 하얀 그리움
끝끝내 쏘아 올린 애끓은 마음은
창백한 얼굴로 돌아갈 수 없다는
그미의 한맺힌 하얀 고백

마음대로 안되는 세상

가슴 터지게 보고 싶고
애절하게 닿고 싶은 저 달님은
까만 하늘 아득히 멀리 있어
그저 바라만 볼 뿐이고

반기지 않아도 찾지 않아도
따가운 해님은 성가시게
이 여름 아침부터 코앞에서
강한 햇살로 미간에 주름지게 한다

생각대로 되지 않은 것이
어찌, 해님 달님뿐일까

당겨 오고 싶은 것도 어렵고
밀어내는 것은 더 어렵다

이도 저도 어렵고 어려워
내려놓고 비우려 하니
허공이고 공허고 허상뿐이다

세상 사는 것은
끝없이 타협하는 것이라 했던가
진퇴양난에 서서 합의점을 찾아
고군분투하는 것이 세상이라지만

숨어 버린 바람처럼
서로의 생각이 어긋나
텅 빈 뜨락에 안개만 자욱해도
함께 나누었던 추억은 누구도 지울 수 없다

욕심을 비우는 날

울울창창 잣나무 우거진 숲
짙푸른 초록을 걷노라면
야생화 향기를 담뿍 받아먹고
수다 삼매경에 푹 빠진 산새들
나도 따라 이름 모를 산새가 되어
숲을 와락 끌어안고 하늘을 본다

발등을 휘리릭 지나는
귀여운 청설모 한 마리 나무에 올라앉아
동그란 눈으로 내 눈을 맞추면
예뻐서 너무 예뻐서 잡아 보고 싶다

어깨 위로 소금꽃이 필 때쯤
재잘대는 여울 물에 풍덩 발을 담그고
음파 음파 무거운 마음을 씻으면
이처럼 개운해지는 게 또 있었니 싶다

하늘을 덮고 있는 짙푸른 나뭇가지에
향기로운 사람들이 올망졸망 걸리고
절로 콧노래가 흥얼흥얼 얹히면
머리를 맑게 비워준 메아리가 하늘을 찔러
화들짝 놀란 양떼구름 발아래로 좌악 깔린다

어둡던 마음이 지어낸 힘겨움을
툭툭 던지면 더없이 가까워지는 하늘
걸어서 저 하늘까지 단숨에 닿는다

지난 시간도 다가올 시간도
마냥 묻어두고 소나무를 등받이하고
낭랑한 마음으로 시를 읽어 내리면
비우는 세상이 이리도 넉넉했었나
차오르는 마음 미간에 주름이 폈다

꽃피우는 삶

저리도 고운 꽃을 피우려
이리도 인내하였을까

저리도 진향 뿜으려
이리도 깊은 뿌리 지켜
어둠 속에서 몸부림쳤을까

한철 피운 꽃도 뿌린 씨앗 발아하여
비에 젖고 바람에 흔들려도
사철을 인내하였을 터

금세 내 뜻대로 안된다고
좁은 생각으로 다그치지 마라

우물에서 숭늉 찾듯
씨를 뿌리지도 않고
열매를 따겠다고 하면 될까

때가 되어야 꽃도 피고
때가 되어야 열매도 맺는 법
나만 왜 안될까
나만 되는 것이 왜 없을까

되는 사람을 보아라
분명 씨를 뿌리고
하루같이 뿌리를 지키고
열매 맺을 때를 인내로 기다렸을 터

백야

도무지 까만 밤이 오지 못하는 것은
마음의 등불 들고 다가서는 그대가
두 눈을 감아 보아도
밤을 허락하지 않는 까닭입니다

헛헛한 마음 기척도 없이
백색의 시간을 풀어 놓고
잊지 못해 하염없이 그리워하다
끝끝내 눕지 못하는 까닭입니다

노을빛은 사위어 가는데
흙빛 밤을 잃어버린 것은
아직도 가슴에 남아 있는
흰 그리움이 창밖을 서성이고 서성이다
그대를 잊지 못해 방황하는 까닭입니다

갈 곳 없어 온밤을 지새운 새벽달은
고사목 발등에 소리 없이 내려앉아
노심초사 그대를 잃어버릴까
뜬눈으로 그 긴 밤을 탕진하며
하염없이 밝히고 있는 까닭입니다

중년에 바람이 불면

곧은 마음 하나 세우고
지고지순 대쪽 같은 성품으로
맑은 세월 순하게 살았다 해도

발가벗은 저 바람이
무턱대고 불어 대면
꼿꼿하게 맞서지 마라

불어오는 바람에 시선이 머물러
온몸이 바람결 따라 흔들렸어도
단단한 마음에 근육이 차올랐다면
뼈대 없이 스치는 바람에
하얀 골절은 입지 않았으리

그 센 바람에도
바닥에 납작 엎드려
뿌리를 내놓지 않은 풀꽃은
우뚝 솟은 나무들이 속절없이 부러져도
상처 하나 남기지 않았으리

까닭 없이 불어대던 비바람이
이리저리 흩어질 때까지
있어도 없는 듯 낮게 내려앉아
중년에 불어오는 바람 앞에
두 손 모아 순리를 기도하리

그대를 사랑한 죄

내 마음 담보로 그대를
사랑했습니다
겹겹이 봉인한 내 마음의
주인은 오직 그대뿐입니다

날마다 송달된 내 마음은
수취인 불명으로
유린당하고 있었습니다

표류하는 내 마음을
증거 불충분으로 보지 못하는 그대
나는 시시 때때 추인을 기다립니다

그대 미필적 고의는 아니겠지요
재심을 기다리는 피고의 심정으로
승소 판결을 학수고대하였으나
인수도 거절도 없이 담보 상태로
이 여름 힘겹게 넘깁니다

보증 기간도 소멸 시효도
오직 그대 마음속에 있어
나는 도무지 알 수가 없습니다

그대
옷 고름을 잡은 손으로
봉인한 마음을 풀어 젖히고
그대가 채운 사랑의 수갑을
황금 열쇠로 열어 주시겠지요

*법적 용어로 적어 본 글입니다 *

가을에 만나고 싶은 사랑

잘 생기지 않아도
가슴이 따뜻한 사람을 만나서
높푸른 가을 하늘 실컷 보고 싶습니다

보란 듯이 성공하지 않아도
진솔한 사람을 만나서
금빛 가을 들녘 마냥 걷고 싶습니다

잘난 사람이 아니더라도
사람 관계를 소중히 여기는
진실한 사람이라면
단맛의 가을 열매 넉넉히 나누고 싶습니다

앞뒤가 같고 전후가 같은
한결같이 순한 사람이라면
익어가는 가을 사랑 담뿍 물들고 싶습니다

그런 사람 이런 사람이라면
단풍잎이 바스락거리는 숲길 따라
꽉 지 낀 손 마냥 흔들며 걷다가
파란 하늘이 우수수 뿌려 주는 단풍비에 흠씬 젖고 싶습니다

이제는 말할까

반백년 살아보니 알겠더라
생글한 얼굴에 돋아 오른 잡티는
너 나 없이 하나 둘 허물로 앉았더라

한 생 절반쯤 살아보니
탄탄했던 피부에 구긴 주름은
미소가 흐르는 길도 있었지만
욕심도 자만도 외길을 내고 있었더라

따지지도 마라
알게 모르게 졸고 있는 군살은
밥그릇 수만큼 나잇살이 되었고

하지 말아야 했던 일
목이 쉴 만큼 목소리 내고도
집착에 연연해 우긴 게 하나 둘이던가

세월 지나면 모두 잊힐
한낱 무의미한 일 붙잡고 전전긍긍
온 밤을 탕진하며 아파했더라

묻지도 말고 말하지도 마라
꽃길도 빗길도 가시밭길도
그 길을 지나고 또 지나고서야
너와 내가 이 모습으로 여기 서 있을 테다

안과 밖

지식은 밖에서 들어오는 것이라면
지혜는 안에서 밖으로
보내지는 것이라지요

밖에서 들리는 소리는
귀를 쉽게 훔칠 수 있지만
고요하게 내면을 성찰하는 소리는
마음을 움직일 수 있다지요

불길이 너무 강해
고구마 속은 익지도 않았는데
껍질이 까맣게 타버리는 것은
안을 보지 못하고 밖을 보는 마음이죠

은은하게 속에서부터 익어오는
온도 조절은 겉모습에 있지 않아요

밖을 보는 눈을 돌려
내 속을 깊이 들여다보면
행복도 아픔도 그 속에 있으니

가끔 어수선하면 내 마음속으로
깊이 들어가 한참은 이리저리 머물다
고요히 다녀오는 길목에
앙증맞게 핀 들꽃에 눈길이 가면
무심한 듯 곁에 앉아 보세요

비빔밥

매운 고추장 한 스푼 넣고
오색 나물 조물조물 무쳐 넣고
계란 후라이 하나 얹어 놓고
참기름 차르르 둘러 쓱쓱 비비면

따로 놀던 나물도 고추장도
서로 엉겨 환상의 맛을 내지요
한 술 푹 떠서 꼭꼭 씹으면
허전했던 마음은 행복으로 가득 차 올라요

인생사 잘난 맛도 못난 맛도
웬만하면 비벼서 먹는 거지요

네가 옳다 내가 옳다
머리 아픈 이해관계
하늘이 무너질 것도 아니고
땅이 솟을 일도 아닐진대

매운맛 쓴맛 짠맛 비벼서
김 한 장 놓고 돌돌 말아
꿀떡꿀떡 먹으면 어쩜 단맛이 나지요

따끈한 커피 한 잔 두 손으로 감싸고
인생사 허허허 웃는 거지요

사랑의 이름으로

사랑한다는 이유로
나만 바라보라며
그대 눈을 가려 놓았고

내 말만 들어보라며
그대 귀를 닫아 놓았고

듣고 싶은 말만 하라고
그대 말을 끊어 놓았습니다

사랑한다는 이유로
늘 곁에만 두려고 집착하였고
믿어 주지 못하고 때때로 따지고
한 치의 실수도 덮어 두지 못하고 들추어
나에게 맞추려고만 했습니다

사랑이라는 이름으로
사랑을 받으려고만 하였지
내 마음은 사랑스럽지 못했습니다

사랑의 이름을 팔아서
은혜로운 마음을 함부로 대하는 것은
어쩌면 사랑하지 않은 것보다
더 힘겹다는 사실을 우리는 알고 있지요

사랑의 이름으로
사랑한다는 이유로
함부로 대하는 일은 그대는 없었나요

추석

살랑이는 봄바람에 젖어 들고
한 여름 뙤약볕 덥석덥석 베어 물고
토실하게 살 찌운 단맛의 열매가 좋아

속을 꽉 채운 둥근달 띄워 놓고
연간의 소원을 기도하며
더러는 서운했던 마음을 쓰담고
가족 간에 이웃 간에
우애를 돈독하게 다지는 날입니다

말을 해도 속을 알아 주지 않아
말이 많았을 테고
말을 해도 소용이 없으니
말을 하지 않고 꾹 닫힌 마음들

한가위는 말을 새겨듣고
그 마음을 보듬어 주어
말이 없어도 그 속을 헤아려 주는
달 뜬 가족과 달 뜬 이웃이길 바래봅니다

서운한 마음 사락사락 털어내고
고실하게 오곡밥 지어
갖은 나물에 단맛의 과일을 놓고
정성껏 제를 올리는 한가윗날

때묻지 않은 사랑과 쌓여가는 믿음으로
잘 살겠다고 다짐하며
가족 간에 이웃 간에 용서와 화해로
함께하겠다고 약속하는 날입니다

2부. 9월에 띄우는 엽서

어떤 결심

두 눈을 꼭 감고
깜깜한 세상을 더듬는 것도
두 눈을 크게 뜨고
밝은 세상을 보는 것도 내 몫입니다
당신은 내 마음의 눈을
어떻게 할 수 없습니다

희망을 가득 품고
새 세상을 힘껏 노래하는 것도
절망 앞에 고개 숙이는 것도 내 몫입니다
당신은 내 속의 나를 어떻게 할 수 없습니다

당신이 고통을 던져도
나는 그것을 받지 않을 것이고
당신이 괴로움을 주어도
나는 그것들을 돌려보낼 것입니다

당신은 힘겨움도 고통도
나에게 줄 수 있지만
그것들을 받고 안 받고는 내가 결정합니다

내가 가고 싶은 길이 가시밭이라면
가시를 치우다 손가락이 찔려도 내 몫이고
땀방울이 내 옷을 흠뻑 적셔도
그 길은 처음부터 내 길이었습니다.

9월에 띄우는 엽서

따가운 여름을 다독여 놓고
마주 앉은 그대 눈동자에
영글어 갈 9월이 들어 있어요

풀벌레도 숨어 잠든 날
금잔디에 누워 하모니카 불자며
새끼손가락 걸던 약속
자유로운 구름은 알고 있대요

한 생에 중년을 넘어서는 9월이여
품 안에 자식을 보란 듯이 키워 놓고
허겁지겁 얼마나 숨차게 뛰었는지
어떻게 살았나 헤아리지도 못했어요

9월에는 두 다리 쭉 펴고
허리띠 풀어 놓고
탁배기 한 사발 시원하게 마셔도
눈치 볼 일이 없는 그대 9월이여

봄 씨 뿌려 여름 풀 뽑던 수고를
9월은 잘 알고 있기에
익어가는 곡식 지키라고
허수아비 어깨너머 고추잠자리 춤추면

9월의 머리에 파란 하늘은
지친 그대 심신을 달래주려
남실거리는 코스모스 꽃길도 놓았대요

유년의 뜰

금빛 햇발 눈부신 해찬들
짙푸른 대지에 연둣빛 바람 불어오면
들판을 쌩쌩 달리던 푸른 꿈은
파르란 새싹처럼 돋아 올랐지요

굽이굽이 휘돌아 재잘대는
조붓한 실개천 힌 여울에
첨벙첨벙 아이들 물장구 소리
장단 맞추는 송사리 떼

미루나무 그늘에 앉아 풀피리 부는 아이들
팽나무 아래 바둑 두는 어르신
진흙으로 콩떡 빚은 소꿉놀이는
아기 젖 물린 엄마놀이였지요

통통한 햇살 뉘엿뉘엿 밀어내고
해거름을 따라온 노을에
흰 연기 모락모락 피어오르면
엄마표 저녁이 다솜스럽게 익어 가요

깜깜할 때 빛나는 은하수 따라
별자리 찾다 반딧불 쫓아가던 그 아이
들마루에 앉아 도란도란 부채질할 때

참방참방 정수리로 쏟아지는
별빛을 포근히 덮고
달무리가 내어 준 꽃잠 스르륵 깊어 가면
근사한 밤하늘에 푸른 꿈 꾸었지요

가을의 기도

봄부터 미움의 싹이 돋았다면
설익어 미덥지 못한 열매는
이 가을에 따지 않게 하소서

여름부터 질투가 뿌리를 내렸다면
단맛의 열매라 할지라도
이 가을에는 바람이 거두어 가게 하소서

오해와 단절로 끊어진 끄나풀은
은혜로운 끈으로 이해와 배려로 묶어
쓸쓸하게 등 돌린 자리마다
돌아앉아 마주 보게 하소서

가슴마다 가을로 물들게 하시고
높은 하늘만큼 깊은 생각으로
내 잘못을 용서해 준 가을바람같이
내 허물을 덮어준 햇살같이 살게 하소서

따뜻한 마음 가을 잔에 담뿍 부어
모락모락 하얀 김이 연기처럼 피어오르면
가을 타는 영혼도 기도하게 하소서

설익은 열매가
짙은 단맛이 우러날 때까지
섣부른 결실은 기다림을 배우게 하소서

미움도 질투도 오해와 단절도
너른 품으로 포옹하는 가온 들찬 빛같이
깊어진 눈동자는 가을 잔에 담긴
헤아림만 보게 하소서

제목 : 가을의 기도
시낭송 : 박영애
스마트폰으로 QR 코드를 스캔하면
시낭송을 감상할 수 있습니다

10월에 띄우는 엽서

봄꽃으로 피어나 땡볕을 견디며
애틋한 향기로 강인한 비바람으로
기어이 부풀어 오른 해산달같이
아람으로 익은 달콤한 열매가
고샅길 돌담까지 탐스럽게 열렸습니다

10월의 하늘이 정수리로 왈칵 쏟아져
여름 땀까지 희게 씻어 놓고
노란 국화향을 마주하게 합니다

부드러운 바람이 햇살을 간질이듯
뭉게구름은 하늘과 땅 사이 오가며
단풍 잎과 눈 맞추기 바쁘고

갈 바람에 갓 구워낸 열매는
내게 알토란같이 살았냐고 묻고
높푸른 가을 하늘은
내게 무엇을 남길 거냐 묻습니다

달 뜬 10월의 넉넉한 가슴은
모난 모서리 다듬고
바르게 살기를 기도하는 가을 바람은
만추를 향해 함께 가자 불러냅니다

사람의 목소리

자유로운 꽃구름이 제아무리 고아도
날개 없는 동식물은
그저 높이 바라만 볼 뿐이고

졸졸졸 청아한 물소리가
제아무리 맑고 고아도
목소리를 낼 수 없는 나무는
곁에 있어도 그저 듣기만 할 뿐이네

갈매기는 끼룩끼룩 끼루룩
이 세상에 다른 말은
절대로 있을 수 없다 하고

송아지는 음매 음매 음매애
이 세상에 다른 말은
들어 볼 필요가 없다 하네

날 짐승도 아닌 사람은
갈매기도 송아지도 아닌지라

사람의 목소리는
사람이 만들어 놓은 약속과 규정을 놓고
바른길 더듬어 어깨 걸어 살라 하네

가을 편지

하얀 갈대 술렁대면
성큼 하늘이 쏟아져 내려고
단풍 결에 나부끼는 가을 편지

조각난 시간을 공원에 펼친
어느 악사의 가실 거리는
심금을 울리는 애절한 선율이
낙엽으로 이리저리 뒹굽니다

흐르는 시간을 부여잡고
수채화 물감 팔레트에 풀어 놓은
어느 화가의 심오한 가을 붓은
채색된 화폭이 멋스럽게 벽화로 걸립니다

가을의 시간을 관통한 코바늘은
줄줄이 색실 걸어 한 올 한 올
깊어가는 가을을 짜고 있자면

수런수런 낙엽의 가을 배웅은
열정으로 익어 미련을 태웠다며
까만 씨 한 톨 남기고 가을 인사를 해요

사랑비

풀 향기 짙어가는 들길
풀밭을 나긋나긋 걷노라면
긴 치맛 자락 축축하게 감겨 오던
간밤에 내린 사랑비

차가운 물기가 마냥 좋아
한참 동안 치맛자락으로 들녘을 쓸면 선선한 바람도
어느새 팔짱을 낍니다

밤새 내린 그대 체취가
보석처럼 맺힌 아침 들녘에는

하얀 스카프를 두르고
눈웃음 짓는 개망초
희게 씻어 놓은 얼굴이 시원한지
노란 손 흔들어 계절을 낚아챕니다

립스틱 짙게 바른 접시꽃도
꽃분홍 앞 치마 펼쳐 입고
온새미로 다녀간 그대 흔적에
아무리 감추어도 드러나는 붉은 여심
허리춤에 질끈 묶었습니다

사랑비로 맑게 씻겨 놓은
때 묻은 마음
어느새 새 빛으로 가득 찼습니다

행복을 짓는 일

혼자서는 도무지 행복할 수 없을 때
그리운 사람 마음에 얹혀
빈 마음 채워 볼까 애가 탑니까

수시로 시린 바람 부는 것은
채우지 못한 허전함을 찾아
찬바람 부는 창밖에서 서성입니까

돌담을 쌓듯 지어 놓은 행도 불행도
누구도 영원치 않음을 알면서도
미래를 가불해서 미리 걱정합니까
빚진 세월을 붙잡고 울고 있습니까

삶은 오늘을 사는 겁니다
지난 과거에 나를 묶어 두고
먼 미래 속에 나를 매달아 둔다면
지금의 나는 어디서 무엇을 하고 있습니까

무사 무탈한 하루에 감사하고
오늘 하루 제 할 일 성실하게 하였다면
당신은 분명 말하지 않아도
행복을 짓는 사람입니다

가을 추억

낙엽이 가슴에 쌓인다면
가을에 떠난 옛 애인을 더듬어
바바리 깃을 여며주던 그 가을길을
낙엽 밟으며 걸어야 하네

가을 하늘을 우러러 눈물이 흐른다면
아직은 잊히지 않은 가깝고도 먼
떠나버린 그대 그림자를 따라
단풍비 맞으며 가을길을 걸어야 하네

숨어버린 그리움이 단풍잎 되어
치맛자락에 툭툭 떨어지면
책갈피에 곱게 끼워둔 단풍잎 꺼내 들고
그때 그 마음 되뇌며 쓸쓸히 걸어야 하네

추억을 안고 외로움을 달래보려
고독 속을 걸어 보아도
떠나버린 그때가 도무지 잊히지 않는다면
우리가 불렀던 그때 함께 불렀던
가을 노래 부르며 추억 속을 걸어야 하네

결 고운 사람

무심한 말투로 말하고
찡그린 표정을 지어도
한결같이 결 고운 사람은
갈피갈피 향긋한 향기가 피어나요

결 고은 머릿결 쓸어 올리면
설핏 바람결을 타고
샤바 샤방 허브향이 퍼져옵니다

마음결이 투명하여 유리 같은 사람은
말하지 않아도 한결같이 희고
보이지 않아도 결 깊은 생각은
올곧고 강직하여 바른길을 걸어요

더없이 마음결이 고은 사람은
바탕이 맑아 눈망울에 별이 뜨고
결 고운 말씨는 꽃향기가 피어나요

으레 결 고운 사람을 보면
그 손길에 지긋이 기대어
나를 꿈꾸게 하는 유록빛 따라
싱그러운 인생길 마냥 걷고 싶어집니다

가을에 핀 핑크 뮬리

나의 봄은 가을에 피어나요
내가 당신을 처음 보았던 핑크빛 마음은
가을이 되고서야 고백해요

다시는 뛸 것 같지 않던 심장이
그대를 만나고
두 계절을 놓치고
이제서야 확신 찬 설렘 파도쳐요

색바람 출렁이며 수줍은 내 뺨 위에
낙엽이 떨어지고 모두가 쓸쓸히 떠나도
노란 바바리 깃을 세우고
핑크빛 원피스를 입고서야
나는 봄빛으로 그대 앞에 서 있어요

분홍빛 바다에 띄운
숨길 수 없던 내 마음이 보인다면
늦었지만 이젠, 내 고백을 받아주세요

실속을 챙기려다

실패하지 않으려고
실패를 다시 잡고
실패 속으로 들어갔다지

줄줄줄
무릎에 걸친 실 뭉치
풀어도 풀어도
실속에는 아무것도 없었다지

실속을 챙기겠다고
실패를 끌어안고
끙끙대는 사람아 사람아
결국은 빈손이었다지

실속을 챙기겠다고
실패에 갇힌 사람아 사람아
엉킨 실타래 꼬리 자를 때
실 뭉치는 감출 수 없다는 걸
그때는 몰랐었다지

단풍의 생각

은행나무는
도저히 이해할 수 없었다
가을이면 노란빛으로 물들어야지

바로 앞에 저 단풍은
어째서 밤낮으로 붉은색일까

붉은 단풍도 놀래기는 마찬가지다
어쩌자고 이 가을에
노란 고름 가득 아파할까

같은 땅 같은 계절인데
이리도 다른 모습일까

늘 푸른 소나무
나는 한결같이 푸른빛인데
왜들 마음이 저리도 변하는 걸까

다른 생각으로 따따부따하는 것이
나무뿐이겠는가!

가을에는 여행을 떠나요

어느 멋진 가을날
심금을 울리는 G 선상의 아리아가
귓전에 맴돌아 가슴을 파고들면
어디라도 훌쩍 떠나고 싶지 않던가요

낙엽이 춤추는 가을날
발라드의 볼륨을 올리면
선율이 온몸을 타고 흐르고
낙엽마저 손짓하면
일상을 훌쩍 벗어나고 싶지 않던가요

가을바람은
나의 실수를 잊으라 하고
가을 햇살은
나의 땀방울을 씻으라 하는 날

익어가는 가을빛이
얼룩진 내 허물을 덮어 버린 날
가을 풍경을 온새미로 담고 싶지 않던가요

여기까지 오느라고 수고하신 당신
하루쯤 편안한 마음으로
모든 것 덮어 놓고 여행을 떠나도
하늘이 무너질 일이 아니요
땅이 휘어질 일도 아니랍니다

당신도 여유를 가질 수 있어요
하늘 한자락 찢어 종이배 접어 타고
뺨 위로 파도치는 단풍길 따라
가을 뱃길에 풍악 걸어 노 저어 볼까요

사랑이 아니라면

사랑이 아니라면
들꽃은 피지 못했을 것이다
피었다 하더라도 사람의 눈길을 끄는
색과 향이 없었을 테다

사랑이 아니라면
새는 날지 못했을 것이고
나비는 춤추지 않았다

겨울에도 봄꽃을 피우고
여름에도 흰 눈을 내리게 하는 일이다
사랑이 아니면 무엇이 할 수 있을까

사랑이 아니라면
시집을 사고 그림을 그렸을까
노래를 듣고 커피를 내렸을까
빙판은 녹지 않았을 테고
세상은 온통 춥기만 했을 테다

나는 시를 사랑한다
손끝에서 내가 나를 보듬어 위로하고
펜 끝에서 독자의 마음 헤아려 보려

오해와 미움을 오려내고
이해와 사랑을 붙인다
사랑이 아니면 무엇이 할 수 있을까

이별하는 낙엽들

갈 낙엽으로 뒹구는 저것은
한때는 곱게 물든 내 사랑이었다

희망의 밥을 먹고 풍류를 마신
한 잔의 잘 익은 술잔이었다가
생각의 연필이 적다만 시다

저 낙엽은
내가 이루지 못한 꿈이요
내가 버리지 못할 꿈이었다

허공을 달래던 쓴 소주잔과
허기진 속을 달래던 달콤한 사연들
먹어도 먹어도 허기지는 낙엽 밥은
사랑이 익어 미움으로 떨어지니

고봉으로 쌓인 이별은
찬 바닥에서 마침표를 찍어 가며
세월의 징검다리 건너갈 때
애련한 슬픔도 그늘진 마음도
단단히 묶어 딸려 보낸다

 제목 : 이별하는 낙엽들
시낭송 : 박영애
스마트폰으로 QR 코드를 스캔하면
시낭송을 감상할 수 있습니다

국화꽃에게

피었던 것들이 지는 날들
봄꽃 향보다 더 진한 향으로
여름 장미보다 더 길게 피워서
가을을 평온하게 보듬는 꽃잎이여!

돋아 오르는 날들이 아니라
저무는 날들을 알기에
얇아지는 햇살 촘촘히 엮어
갈바람에 띄우는 짙은 그리움이여!

말은 없어도 따뜻한 눈으로
가을의 뒷모습을 고요히 챙겨 보는
국화향처럼 깊어지는 사랑이여!

홀로 사랑은 떠난 계절을 알고도
저물녘 갈산에 쓸쓸히 앉아
첫눈 올 때까지 노오란 정 태우며
까맣게 지는 산국화 꽃이여!

가을 오는 길목에 피고 앉아
가을 가는 길목에 지는 사랑이여!

사람에게 다친 그대

오해의 그늘이 숲을 이루어
앞이 보이지 않는다면
사람에게 다친 마음 하늘을 보라

진심을 믿어주지 않아
의심의 강물이 깊어만 간다면
사람에게 다친 마음 숲으로 가라

최선을 다하고도
최고가 될 수 없다고
눈앞에 놓인 산자락이 태산이라면
지친 그대 바다로 가라

잘 해 보려 해도
걸어도 걸어도 숲은 보이지 않고
달려도 달려도 제자리라면
무엇이 문제인가 들로 나가 보아라

믿어 주었더니 거짓이고
기다려 주었더니 바람이고
이해해 주었더니 불신만 쌓인다면
이제 그 마음 돌려 강으로 달려가라

심신이 지칠 때
하늘은 숲은 강은 들은
막힘이 없고 어둠이 없고
모서리가 없고 거짓이 없어
대자연은 아무 댓가 없이
다치고 지친 그대를 넉넉히 보듬어 주리

자유를 꿈꾸며

두려움 없는 바람처럼
어디던 불어 가자
자유롭게 춤추는 구름처럼
어디던 흘러가자

천하를 내리쬐는 햇살처럼
어디던 내려앉자
그윽한 꽃향기보다
진한 인향이 마음을 간질일 때

고요한 숲에 심어 두었던
그리움을 캐고
강바닥에 새겨 두었던
사랑을 파내서

한때는 푸르게 젖어 있던
낭만의 거리로 나가자

유독 내 가슴에 쏙 안기는 꽃이
마른 가슴에 물길을 열어 놓고
배시시 웃고 있을 때

꾹꾹 눌러 보아도
사랑스러운 언어가 솟구쳐 오르면
그 마음이 이슬로 사라지기 전에

바람의 언덕에 힘차게 뛰어올라
억새꽃이라도 하얗게 하얗게
피워 보자

우리는 무엇이 되고 싶다

바람이 불지 않았다면
어찌 꽃이 필수 있을까

비가 내리지 않았다면
어찌 무지개가 뜰까

흘러내리는
눈물 같은 촛농 없었다면
어찌 환한 불을 밝힐까

몸을 태워 꿀을 모아 놓고
향기 피워 나비 부르는 꽃잎도
피었던 자리 씨앗을 남기고
꽃의 소임을 다하지 않던가

마음 살라 정 나누고
몸을 녹여 향기 뿌리며

이 땅에 왔을 한 생도
의미 있는 일을 반듯하게 하여
가치 있는 씨앗을 심고
여문 열매 남겨야 되지 않겠는가

기차 철로같이

햇살이 따뜻할 줄만 알았다
가까이 더 가까이 다가가니
속이 까맣게 타더라

바람이 시원할 줄만 알았다
가까이 더 가까이 다가가니
속에서 찬바람이 불더라

빗물이 촉촉할 줄만 알았다
내리고 더 내리더니
홍수같이 쓸고 간 흔적이 남더라
눈도 적당하게 내릴 때 참 예쁘다

적당한 거리에서
난로 불을 쬐이는 것처럼
너도 그렇다
더 가까이 오지 마라

기차 철로같이
손잡을 수 있는 거리에서
더 멀리도 가지 마라
부르면 들을 수 있는 거리 거기 있어라

가을에는 하늘을 보게 하소서

설익은 내 마음
붉게 물들이는 가을에는
높푸른 가을 하늘을 보게 하소서

서늘한 낙엽이 작별을 고하고
다가오던 것들이 흩어지는 가을에는
들꽃도 쓸쓸히 돌아눕는 서글픈 날
해맑은 가을 하늘을 보게 하소서

평정을 잃어버린 대지의 반란은
욱신거리는 껍질이 딱딱해도
그 해답이 보이지 않을 때
마음이 넓은 가을 하늘을 닮게 하소서

이별의 손수건이 나부끼고
이슬방울도 굵어져 툭툭 떨어지면
이해가 부족한 속 좁은 마음은
생각이 깊은 가을 하늘을 닮게 하소서

서늘한 가을바람이
나의 오점을 읽어 내릴 때
거두어 챙기는 가온 들찬 빛의 마음을
알아차리게 하소서

11월에 띄우는 엽서

아람으로 영글은 가을 톡톡 따서
곳간을 그득히 채우고도
저물녘 이삭 줍는 그대 11월이여!

흙 묻은 신발 구름으로 닦고
따신 방에 두 다리 쭉 펴고 앉아
긴 곰방대에 담배 한 개비 물어도
흉이 될 것 같지 않은 그대 11월이여

얕아진 햇살 길게 펴 바르고
푸석하게 돌아눕는 들꽃에게
빈 마음 손 흔들어 배웅하고 돌아서면
허전하고 쓸쓸해지는 알 수 없는 그대여!

하 수상한 얄궂은 세월이라
봄꽃은 이미 떨어지고
더러는 열매가 여물지 못해도
한 해를 놓칠진대
한 생을 놓친 것은 아닐 터
코앞에 찬바람부터 문풍지로 막아볼까요

3부. 당신을 생각해 보아요

꽃보다 예쁜 단풍

꽃잎이 아무리 고아도
열흘을 넘기지 못하니
화무십일홍이라 했던가요
그 고운 진향도
우리네 청춘같이 잠시라지요

혈기 왕성하여 잎맥이 파랬던
철없던 시절을 잊은 채
열정이 짙게 밴 익은 마음
애절함이 물들어 하늘하늘 나부끼니

막걸리 한 잔에 홍조 띤 얼굴같이
붉은 마음 한 사발에 곱다시 흔들리니
잎잎이 취한 단풍 어느 봄꽃에 비할쏘냐

멈출 수 없는 분침을 앞세우고
온 산야를 훨훨 태워 만추로 불어 가는
만산 홍엽의 저 뜨거운 잎맥을 보라

당신은 한 생을 살아가면서
저리도 뜨거운 열정으로
뻣뻣한 자존심 녹여 잎잎이 물들이며
살아 보았는지 홍엽이 묻고 또 묻는다

당신을 생각해 보아요

자꾸만 작아지는 비누가
당신을 빛나게 만들어 주듯
가끔은 내가 작아져도
당신이 빛날 때 세상은 밝아져요

몸을 태워 세상을 밝히는 촛불처럼
가끔은 내 속이 타더라도
곁이 밝아진다면 세상은 따뜻해져요

흐드러지게 곱게 핀 꽃들은
그윽한 향기를 가득 주지만
꽃은 당신에게 무엇도 바라지 않아요

탐스럽게 익은 열매를 매달아 놓고
나무는 절대로 먹지 않아요
자식들 먹거리를 챙겨 놓듯
나무는 당신을 위해 영글어 놓았어요

우리도 가끔은 나보다 당신을
먼저 생각해 보기로 해요

내가 받은 상처가 아플 때
나는 누구에게 상처를 주지 않았나
가끔은 그렇게 생각해 보기로 해요

상대를 헤아리는 어진 사람은
더불어 행복한 길을 사붓이 걷는
따뜻한 사람이 아닐까요

 제목 : 당신을 생각해 보아요
시낭송 : 박영애
스마트폰으로 QR 코드를 스캔하면
시낭송을 감상할 수 있습니다

세월이 먹은 나이

신뢰의 뿌리가 깊게 내리면
정직의 나무는 밑동부터 믿음이 자라고
약속의 줄기가 곁 가지로 뻗어가면
희망의 꽃이 흐드러지게 피겠지요

관상 족상 수상 세상이 뒤틀려
역술가의 얼굴이 일그러져도
눈에 보이지 않은 심상이 반듯하다면

역술가의 점 꽤를 죄다 갈아엎어
예정된 인생 항로를 벗어나
새 길 개척하여 팔자를 바꾼다지요

건강에 좋은 음식을 챙겨 먹듯
심신에 좋은 마음을 다잡아 먹는다면

관상이 틀려도 심상이 고운 그대는
한 살 한 살 먹는 세월의 나이가
추하게 늙어가는 것이 아니라
결 곱게 익어가는 따뜻한 이웃이겠지요

너를 만나고

얕았던 내가 깊어지고
좁았던 내가 넓어지고
머물러 있던 나를 흐르게 해준 너

노래하지 않아도 나는 춤추고
먹지 않아도 나는 배가 부르고
우울할 때도 나는 희망을 품게 돼

먹구름 속에서도
한줄기 빛을 보게 하고
진흙 속에서도 보석을 캐게 하고
그림자 속에서도 어둠을 잊게 하는 너

발 시린 땅에서도
손 시린 물에서도
평정심을 갖게 하는 너는
글자 갈피갈피 활자 틈틈이 웃고 있지

너에게 퐁당 빠진 나는
서해도 동해도 아닌 행복해다
욕심도 서운함도 아닌 다정함이다
내 사랑 글자들이여!

들꽃의 고백

향기 담아 곱다랗게 피어 있었지
지나는 새가 깃털을 날리고
나비가 스쳐가도 그대로 있어야 했어

볕 좋은 날 흰 구름이 몰려와
까맣게 그을린 얼굴이 밉다며
내 뺨 위에서 말캉한 그늘을 내리더니

한량 같은 흰 구름 하루 해가 중천인데
어느새 산등성을 넘어가 버렸지

구름이 가버린 따가운 정오는
해님이 불덩이로 내리고
꼼짝없이 속이 까맣게 탔었지

쩍쩍 갈라지는 발바닥
정오에 멈춰 선 빨간 해님
그나마 소낙비 도움으로 숨을 쉬었지

이젠 불같은 해님의 성격도 알겠고
떠도는 구름의 행실도 알 것 같고
들쭉날쭉 예고 없이 오가는
소낙비의 불시착도 감지하는 들꽃은

천주가 내린 이름을 사랑하며
뿌리가 내린 자리에서
글 꽃을 피우는 일은 들꽃의 숨이다

제목 : 들꽃의 고백
시낭송 : 최명자
스마트폰으로 QR 코드를 스캔하면
시낭송을 감상할 수 있습니다

푸른빛 대나무

수백 년 된 느티나무는
천둥번개에도 거뜬히 견디었으나
손가락으로도 잡을 수 있는
근심이란 작은 벌레가
속에서부터 좀 먹어 들어가면
행복으로 살 찌운 느티나무도
행복을 잃어버릴 테다

더없이 따뜻한 방에서도
차갑기만 한 걱정이라는 벌레를 키운다면
불행 나무만 쑥쑥 자랄 테다

속이 텅 빈 대나무는
벌레가 갉아먹을 내장이 없어도
사계절 한껏 푸른 것은

살다가 힘겨울 때 멈추어 서서
속으로 안으로 마디를 다졌을 테다

수시로 불어대는 세파에
줏대 없이 이리저리 휘어져도
푸른 정신을 놓지 않은 올곧은 대나무는
벌레 한 마리도 끼지 않게
사계절 내내 속을 비워 냈을 테다

부끄러운 일 아니다

흙 수저를 들었다고
부끄러운 일 아니지
커피집에서 마트에서 일한다고
수치라고 생각하지 마

세상에서 하고 싶은 것이
아무것도 없는 사람
무엇도 못하는 것이 더 문제일 테다

높은 자리 내려놓고
바닥으로 내려앉았다고
부끄러운 일 아니지

평생을 바닥에서 살던 사람도 있었고
바닥이라 하더라도
앉을 자리 설자리가 없다면
그것이 더 문제일 테다

가방끈이 짧아도 생각이 깊고
돈이 적어도 마음이 부자고
바람이 불어도 심지가 굳고
가벼워 보여도 신뢰가 깊다면
세상사 부끄러운 일 아니다

말은 그 사람이다

말은 그 사람이다
말은 그 사람 성격이다
말은 그 사람의 인품이고 습관이다

어떤 일을 놓고도
선하게 하는 말은 가슴 가슴마다
꽃을 피우지만
악담은 가슴 가슴마다 불을 질러
폐허가 되고 결국 부메랑이 된다

들은 말이라도
모두 할 말은 아니고
알고 있다고 해도 모두 전할 말은 아니다

말도 때가 있어
할 때와 하지 말아야 할 때가 있다

말을 해야 될 때 하지 않아
무수한 사람들이
낭패를 보기도 하지만

하지 말아야 할 말을 해서
그 말이 입 밖으로 나가면
천 개의 귀로 들어가 낭패를 본다

몰라도 되는 말을 따지고
술수에 능한 사람은
자기가 한 말에 발목이 잡히고
달리는 말을 잡지 못해
그 말이 곧 천리를 간다네

홍시

파스텔 물감 톡톡 뿌린
파란 하늘빛 도화지에
다홍빛 단맛이 주렁주렁 익어
한 폭의 근사한 벽화를 걸어 놓았어요

행길 따라가다
마을 어귀 들어서면
고샅길 돌담 넘어 검은 감나무

발그레 익은 깃발 하늘 높이 펄럭이면
온 동네 까르르까르르
달착지근한 맛이 사방에 피었어요

땡볕을 받아먹고 달빛도 살라 먹고
비바람에 매달려 용케도 견디더니
말랑말랑 새색시 볼같이 익었어요

그 고운 빛깔에
까악까악 산 까치 노래하고
두둥실 꽃구름 춤출 때

감꽃 엮어 목에 걸어 주던 언니
감잎 난분분 떨어지던 날
나를 두고 시집갈 리 만무한데
홍시 길 따라 꽃가마는 멀어져 갔어요

나 됨이 좋아라

뜨겁게 사랑하는 열정이 좋아라
자투리 시간까지 챙기는
다정다감한 온정이 나는 좋아라

천근만근 몸이 무거워 단내 날 때
내 몸 먼저 챙기느라
게으름으로 빈둥대는 나는 좋아라

불의와 타협하지 않고
멈춰 서서 등을 보이는 외길 인생
단호함이 나는 좋아라

뜻대로 되지 않는 일 앞에
속이 까맣게 타도 괜찮아 설마 죽겠어
고통까지도 행복으로 받아 내는
단단함이 나는 좋아라

이해타산 명분 앞에서도
소란스러워지는 것보다 좀 손해 보면 어때
집안이 망하는 것도 아닌데
단순함이 나는 좋아라

작은 도움이라도 손 내밀고
어깨 걸어 여럿이 함께하는
단결함이 나는 좋아라

어설픈 행복을 잡으려
머리 아픈 미소 보다
눈물을 받아 단맛으로 마시는
단미가 나는 참 좋아라

돌아오라

쓸어도 쓸어도 낙엽은 쌓이듯
지워도 지워도 지울 수 없다면
지우려고 애쓰지 말아요
쓸어 놓은 단풍길에 낙엽이 내리듯
지울 수 없다면 낙엽처럼 돌아오세요

지난여름이 단단히 길을 막아 보았지만
떠난 가을은 기어이 다시 돌아오듯
잊을 수 없다면 가을 등에 업혀 돌아오세요

흔적 없이 숨었던 별님도
밤이면 꼼짝없이 제자리로 돌아오고
고개 숙인 반달이 눈썹달이 되고도
토실하게 살 찌운 보름달은 달 뜬 마음으로
사랑할 수밖에 없다며 돌아오네요

비탈길 들국화 노란 정 쏟아낼 때
아주 멀리 날아간 산까치도
까악까악 까치밥 찾아 날아드는 늦가을
어둠 속으로 사라졌던 해님도
어둠을 걷어차고 아침이면 돌아오는데

부부

때론 못 살겠다고 하면서
남남이 될 수 없는 관계

무거운 돌덩이가
이따금씩 머리로 어깨로 오가다가
결국 여울목 징검다리가 되어 주는 부부

흐린 날 봇짐을 싸 놓고도
맑은 날 다시 장롱 속에다 풀어 놓는
애증의 강줄기 따라
희구의 세월을 오가다 보니

너무 익숙해 숨소리도 알아차리고
너무 뻔해 눈빛도 읽어 내리고
너무 오랜 복습이라 해답을 알고 있는

싫은 소리도 때론 사랑이라 우기고
잔소리도 때론 고마움이라 여기고
다그치는 일도 행복이라 알리고 산다

때려야 땔 수 없는 것은
서로 몸을 빌려 낳은 자식 나무를
반으로 쪼갤 수 없어서 산다

내 새끼를 내 몸같이 챙기는
사람이라서 고슴도치가 되어도 산다

사랑의 열쇠

언제 자물쇠를 바꾸었나요
한치도 어긋남이 없이
두 마음이 딱 맞아야 열리던
아날로그 자물쇠가 참 좋았는데

일방통행 사랑으로
확 바꾸어 버린 디지털 사랑
비밀번호에 목숨 걸어야 하는
그 사랑 어질해요

언제 비밀번호를 바꾸었나요
모던 것이 갤럭시 시대라
한 번 터치로 뒤돌아볼 겨를도 없이
단번에 바꾸어 버리는 그 마음
쫓아가기 버거워 정신이 아찔해요

빛바랜 자물쇠 사랑은
열쇠가 말을 듣지 않으면
아무리 자물통이 튼튼해도
다시는 돌아갈 수 없는 사랑이라지만

단번에 바꾼 마음
열리지 않는 아슬아슬 비밀번호
아쉬우면 또다시 단번에 돌아오는
쩨이콤 사랑 쫓아가기 숨차요

중년의 가슴을 흔들어도

시달린 세월에 희뿌연 정신
반짝이는 샛별은 될 수 없어도
고요를 깨우는 새벽 안개같이
맑은 생각은 흰 여울로 흐르고 싶다

무딘 감정 투박한 생각이
반쯤 거칠어도 퍽퍽한 가슴 적시는
따뜻한 정 희로애락 적절히 안고 싶다

풋풋한 꽃송이는 아니더라도
익어가는 삶 절절히 공감하는
아직은 지지 않은 꽃이 되고 싶다

어설픈 잔주름이
간간이 자리 잡아 나이테를 그려도
그마저도 삶의 훈장이라 여기고
응당 으레 희망의 길 걷고 싶다

도톰한 군살이 허리춤에 붙어도
한 가정을 열심히 사랑한 힘이고
건강한 사회 구성원으로
뿌리 깊어 열매 맺는 나무이고 싶다

봄 같은 사람

봄꽃 같은 당신은 생각만 하여도
마음의 근육이 단단하게 붙어주는
봄 처럼 화사한 사람입니다

봄볕 같은 당신은 바라만 보아도
마음의 온도를 따뜻하게 올려주는
봄 같이 포근한 사람입니다

봄바람 같은 당신은
발자국 소리만 들어도
단단한 힘이 불끈 솟아 올라
맥운동을 하게 하는 사람입니다

봄노래 같은 당신은
목소리만 들어도 속삭이는 음성이
귓볼을 간지럽히는
봄 소리 같은 사람입니다

봄밤 같은 당신은 달무리 내리는 밤 세레나데 같이 평온하여
달콤한 꿈을 꾸게 하는 사람입니다

제목 : 봄 같은 사람
시낭송 : 박남숙
스마트폰으로 QR 코드를 스캔하면
시낭송을 감상할 수 있습니다

부모님 보고 싶습니다

제목 : 부모님 보고 싶습니다
시낭송 : 박영애
스마트폰으로 QR 코드를 스캔하면
시낭송을 감상할 수 있습니다

생명을 잉태한 사람꽃을 피우기에
땅이 솟아오르고
하늘문이 열렸습니다

보고 싶은 아버지 어머니
아버지 탯줄로 세상을 보았고
어머니 젖줄로 세상의 밥을 먹었습니다

아버지의 팔에 안겨 놀았고
어머니의 등에 업혀 잠들었습니다

안아 키우신 아버지를
한 번도 안아 드리지도 못했고
업어 키우신 어머니를
한 번도 업어 드리지 못했는데

이젠, 마주 앉을 수도 없이
당신들은 하늘에 계십니다

바닥이 되어 주신 아버지
바탕이 되어 주신 어머니
가끔 먼 하늘 한번 올려봅니다
지금도 보고 계시는지요

부모 노릇이 참으로 힘들 때면
부모님도 이처럼 힘들었을까
하늘은 먹빛이 되고
보고 싶은 내 마음에 비가 내립니다

빛과 그림자

강한 사람은 눈이 부시고
주변 사람은 그늘이 진다
강렬한 빛은 그림자가 짙다

빛은 입구에 모여들고
그림자는 출구에 모여든다
문제는 해답이 있듯이
입구가 있었다면 분명 출구도 있다

미물인 애벌레도 날기 위해
수없이 날개를 퍼득이듯
살다가 외로움에 갇힌다면

그 외로움 등에 업고
초지일관 걷고 걸어야 길은 가까워지고
오르고 올라야 산은 발아래 놓일 터
먹구름 뒤에도 빛은 따라온다

화려한 말로
아무리 감흥을 퍼다 주어도
그 말이 어디에 있는지 중요치 않고
그 발이 어디에 서 있는지 보라

말은 발을 데리고 다니니
빛은 행동이고 말은 그림자다

낙엽을 밟으며

견딜 수 없는 외로움이
낙엽으로 떨어져 내립니다
사무치게 그리워
붙잡아 보려 했던 저 홍엽은
붉어진 마음 짙게 물들여 놓고
가슴만 태우다 발아래 누워
아파하며 부서지는 소리를 냅니다

말 못하고 으스러지는 사연에는
지난여름 풀꽃의 향기와
새들의 수다가 묻어있어
홍엽의 마음을 아련히 헤아려봅니다

목 놓아 울수 없어 넋 놓은 그대여
외롭고 서글프다 내색도 못하고
한 계절을 보내야 하는 일이
어찌 생 이별이 아닐까요

뒹구는 낙엽이여!
내 생의 가을이 오면
밟히는 낙엽이 아니라
또르르 흐르는 흰 여울 조각배 되어
추억하던 이웃 별로 흐를 수 있을지
낙엽에게 묻고 묻습니다

12월에 띄우는 엽서

한 해를 돌아보고
유종의 미를 거두는 12월입니다

더러는 넘어져도 툭툭 털고
더러는 지루해도 잘 기다리며
더러는 신열로 이마를 짚어가며
더러는 기쁨의 마음도 있었습니다

역전이 일어나는 기적은 없었지만
여전히 평안하다면 된 거죠

힘차게 걸었어도 헛걸음이 많았고
바쁘게 뛰었어도 제자리 뛰기를 했었고
줄기차게 오고 또 온 것 같은데
온 것만큼 멀어져 있는 인생길이 보입니다

다만, 한 해를 출발한 달력이
새 달력에 자리를 내주면서
올 때가 있고 갈 때가 있다 하네요

희망의 봄 열정의 여름
거두고 비우는 가을을 지나
인내와 기다림을 가르치는 겨울입니다

별반 발전하지 못한 한 해라도
두 팔로 나를 한번 꼭 안아줄까요
토닥토닥 쓰담쓰담 무탈했으니 된 거야

중년의 겨울나무

지키려고 했던 무거운 마음을
툭툭 벗어 던진 저 말끔함
무던히도 힘겹던 짐 모두 내려놓았다

햇살로 받은 사랑 꽃피워 그늘 주고
단맛의 열매로 고운 단풍으로
모두 내어놓고 빈손으로 서 있다

앙상한 뼈마디에 맺힌 사연
지난 세월이 심상치 않았다며
박힌 옹이로 그 속내를 말한다

인고의 세월에도 겨울나무는
푸른 심장을 뿌리에 두고
뜨거운 피는 가지로 뻗어가며

차디찬 바람 앞에서도
초연하게 나이테를 그리는
늠름한 겨울나무 앞에 서면
바닥을 보이던 힘이 불끈 솟는다

이런 인연이 되고 싶습니다

사노라면 많은 사람과
만나고 헤어짐의 연속입니다

좋은 인연은 마주 앉기만 해도
좋다고 합니다
그런 인연이 되고 싶습니다

스치고 지나는 인연이라도
언뜻 떠올리면 미소를 머금을 수 있는
그런 인연이 되고 싶습니다

때론 의견 충돌로
상처를 주고받았다면
그것은 나와 다른 생각의 차이로
누구도 틀린 것이 아닙니다

그와 나는 다른 생각이라서
그도 힘들었겠다 하고 여긴다면
떠나는 자리도 그리 서운하지 않은
인연들이 되고 싶습니다

사노라면 그런 인연이 되고 싶습니다

언행이 틀린 나에게

나는 곧잘 거짓말을 했어요
언행이 일치하지 않은 말을
수시로 했습니다

살을 빼려면 음식을 줄여라
운동을 해라 그것이 진리다
늘 말은 했어도
나는 여전히 그러지 못했어요

따지지 말고 어른을 공경해라
건강관리를 잘 해라
무조건 부지런해라
주문같이 말해 놓고
나는 여전히 그러지 못했어요

곧잘 주변에 베풀어라
지는 것이 미덕이다 양보해라
욕심을 부리지 말고 내려놓아라
늘 입버릇같이 글을 적고 말을 해도
나는 여전히 그러지 못했어요

그러지 못한 나는
말과 행동이 일치하지 않았아도
거짓이나 속임수는 아니었어요
되뇌면서 말을 따르고 싶었습니다

더욱이 남겨진 글은
따뜻한 여운을 소망했습니다

상심

꽃으로 피었다
낙엽으로 지고 있다

우수수 이별하는 단풍의 속내를
누구도 알 수는 없다마는
저렇게 고운 빛으로 물들어 갈 때는

속삭이는 햇살 흔드는 바람
촉촉이 내리는 비가 눈물 되어
더없이 방황했던 계절이 있었을 테다

한 세월 살아가면서
외진 그늘에는 찢기고 벌레 먹어
각혈을 토하는 단풍도
곱게 물들고 싶었을 테다

툭툭 탯줄 자르는 저 스산한 소리
긴 이별의 그림자
고봉으로 쌓여 가는 마른 낙엽

제 할 일 다하고 떠나는 사연은
아쉬움이 덜 하겠다만

이내 다하지 못한 빈손의 아우성
끝끝내 바스락바스락
인연 깨지는 소리가 들리지 않던가

깨진 낙엽의 가슴을 고요히 열어 보라
어혈이 단단히 뭉쳐 있을 테다

갈대 여인

은빛 날개 사그락 거리며
아름답게 춤춘다고 생각했었지
한없이 흔들어대는 바람을 보고 있자니

서걱대며 부딪히는 가녀린 어깨가
때때로 아팠지 싶어

바람막이 없는 들녘에 서서
뿌리를 지키려 머리가 쉬도록
가뭇 없이 흔들렸을 애련한 여인아

꼿꼿하게 버티어 보려 해도
감당할 수 없었던 들녘 바람에
핏기 잃은 갈색 얼굴이 더없이 애처로워

향기로운 꽃도 아니요
열매 맺는 나무도 아니요
그럼에도 바람 앞에 고개를 숙였더냐

들녘을 스쳐간 저 바람은
어제의 바람도 아니요
내일의 바람도 아닐 터
더더욱 다시 올 바람이 아닐진대

이제 그만 눈물일랑 거두었으면 해
여인아 흔들리는 여인아
그리도 먹먹하면 내 작은 어깨에 기대봐

전봇대 사랑

너와 나는
이렇게 마주 보고
죽지도 못한다

하늘하늘 벚나무 꽃잎
햇살에 숨어들고

툇마루 노란 송홧가루
가고 싶다 수없이 적어 보아도
철없는 바람만 불어 송홧가루는 쌓이고

소복소복 쌓여 가던 하얀 장독대
마음으로 그대 얼굴 그려 보아도
끝끝내 겨울밤은 어쩌지 못하고
천연덕스럽게 흰 눈으로 덮어 버리면

기척 없이 사계는 노랑 노랑 피고 지고
너와 나 사이에 흐르는 전선은
오도 가도 못하게 하는구나

네가 오면 빛을 잃어 캄캄한 어둠이요
내가 가면 불꽃 튀는 광빛이라
꼼짝없이 마주 선 너와 나의 간격

사랑할 수도 헤어질 수도 없는 거리
딱 50m 앞에 너는 장승처럼 서 있다

커피 한 잔의 여유

스산한 바람이 허리춤에 감기고
기억력도 어눌하여 빛을 바래고
초점 잃은 집중력이 바닥을 드러내면
어찌지 못해 일손을 놓고 나를 달랜다

이런 날은
자연 속에 나를 던져 놓자
무작정 집을 나서서 달리면
양평 강 언덕 위에 하얀 카페

통유리가 사방으로 터져
천장에서 햇살이 쏟아지고
생각도 강물만큼 깊어지면
사랑이 올 때처럼
설핏 생기가 돋아 오른다

G 선상의 아리아 선율이
통유리를 타고 흐르면
산과 강과 들은 나를 받아 안아
강 위에 악보를 그리게 한다

대자연의 평안과 노래가
가슴으로 부풀어 오르면
어둡던 생각이 감사함으로 익어
쓴맛의 커피는 단맛으로 스민다

처음 가는 길

이 길 끝에 무엇이
기다리고 있을지 모릅니다

망설이고 앉아 있기에는
한 가닥 희망도 멀어지기에
한발 올려 길을 나섭니다

땅속으로 죽어 들어가기에는
가슴은 뛰고 피는 뜨거워
날아가다 날개가 다칠지라도
한숨만 뱉을 수 없어
가보지 않은 길을 나섭니다

처음 가는 길에
설렘과 호기심은 기대감이고
가 보지 못한 길은 피안이며
설핏 돌아보는 발자국은 용기입니다

아무것도 없는 정상을 향해
오르고 오르는 산악인처럼
어쩌면 이 길 끝에
그 무엇이 없을지라도
힘을 내서 걷는 길은 희망입니다

4부. 함께라서 아름답지 않던가

함께라서 아름답지 않던가

하늘이 있어 바다가 아름답고
땅이 있어 산 들이 아름답고
나무가 있어 그늘이 시원하듯
잎이 있어 꽃이 예쁘지 않던가

네가 있어 내가 웃고
내가 있어 너는 나를 보니
우리는 함께라서 든든하지 않던가

함께라서 비로소 흐를 수 있다는 물
함께라서 피어 있기를 좋아하는 들꽃
함께라서 잘 살아가는 곤충을 보라

언덕에 기대어 흐르는 강
하늘에 기대어 노니는 흰 구름
공기에 기대어 숨 쉬는 동식물을 보라

인간사 이루어내는 역사도
혼자서는 살수 없으니

기대고 나누고
손 잡고 어깨 걸어
서로에게 비빌 언덕이 되어 주니
함께라서 더없이 아름답지 않던가

제목 : 함께라서 아름답지 않던
시낭송 : 박남숙
스마트폰으로 QR 코드를 스캔하면
시낭송을 감상할 수 있습니다

좋은 사람

아름다운 눈을 가진 사람은
나쁜 것을 보지 않아요
마음이 맑아지는 것을 좋아하지요

바른 입을 가진 사람은
나쁜 말 하지 않아요
이웃과 잘 지내는 것을 좋아하지요

새겨듣는 귀를 가진 사람은
나쁜 말을 듣지 않아요
고요한 마음을 좋아하지요

지혜로운 사람은
나쁜 자리 나쁜 길을 걷지 않아요
여유롭고 평온한 길을 좋아하지요

깨끗한 마음을 가진 사람은
나쁜 마음을 먹지 않아요
맑고 밝아 환한 것을 참 좋아하지요

따뜻한 가슴을 가진 사람은
아프게 상처 받는 일을 만들지 않아요
진실과 함께하는 것을 좋아하지요

용서의 지우개

누군가를 미워하기 전에
나 자신이 먼저 미워질 때가 있다
웃자란 미움을 쓱쓱 지우는
용서의 지우개를 꼭 잡으면

바람은 한쪽 편만 들지 않고
햇살은 세상을 고루고루 비출 테고
단비는 나만 비켜 갈리 만무하다

한 생을 바람결에 나부끼다
갈기갈기 찢겨야
아름다울 수 있던 흰 갈대를 보라

지워도 지워지지 않고
밀어내도 밀리지 않은 바람결에
차라리 너울너울 춤을 추고 있더라

애써 지우려 하지 마라
애써 밀어내려 하지 마라

내가 용서하지 않았으나
무덤덤하던 저 세월이
어느새 모두 용서를 하였더라
세월이 용서의 지우개더라

당신이라면

당신이 뭉게구름이라면
나는 저 하늘을 좋아하겠습니다
당신이 불어오는 바람이라면
나는 나부끼는 나뭇잎이 되겠습니다

당신이 캄캄한 밤하늘이라면
나는 별을 세는
별빛 지기가 되겠습니다

당신이 푸르른 숲이라면
나는 보드라운 흙이 되고
당신이 우람한 나무라면
나는 단단한 땅이 되겠습니다

당신이 재잘 되는 시냇물이라면
나는 작은 조약돌이 되고
당신이 흐르는 강줄기라면
나는 바다에 서 있겠습니다

당신이 눈물을 흘린다면
나는 기꺼이 손수건이 되고
당신이 기댈 언덕이 없다면
내 작은 어깨는 언덕이 되겠습니다
당신이라면....

첫눈

첫눈에 반했던 그대가
백장미 다발 안고 오신 다기에
일 년을 하루같이 기다렸어요

순백의 눈물로 다가온 그대는
내 심장에 투명하게 스며 들어
깨끗한 마음 물방울로 젖어들어요

새벽이슬 같은 그대를 맞으려
나뭇가지는 햇살에 몸을 씻고
숲들도 바람에 옷을 벗고
꽃들도 돌 틈에 숨어들었지요

흰 꽃가루가 전하는 눈꽃 연서가
새벽같이 내리다 깜쪽같이 숨어버릴까
단잠을 팔아도 나쁘지 않았어요

텅텅 빈 세상에
나빌레라 하얀 천사
위로의 손길로 치유의 나래로

녹녹치 않은 세상사
어둡고 그늘진 곳마다 소복소복
하얀 손길로 포근하게 덮어 주실 테죠.

해맑은 고드름

슬프도록 아름다운 고독이
한 겹 한 겹 쌓였다

마음 문에 빗장을 채우고
내어놓지 못하는 시린 손
겹겹이 얼어 단단하다

폭풍 한설 아릿한 마음에
고여오는 눈물로도
녹여 내리지 못한 외로움은
주인을 한참 나무란다

더 춥고 더 아픈 혹한에도
해맑고 투명하라며
시린 가슴 뒤로하고
쌩긋 웃어 보이는 미소가 사랑옵다

차가움을 다스려
단단하게 견디어야 한다며
차라리 시린 가슴 등을 보이니
해맑게 반짝이는 투명한 마음에
툭툭 고독은 방울방울 떨어지고

감출 수 없던 민낯의 수정은
가벼워진 마음 따스함에 녹아
차디찬 응어리 올올이 풀어 놓는다

마음을 다스릴 수 있다면

마음에 고름이 차는 것은
의심하는 마음이
바탕에 깔려 있기 때문이고

마음에 주름이 깊어지는 것은
가져도 가져도 허기지는
근심하는 마음이 깔려 있기 때문이다

마음에 기름이 끼는 것은
행복할 수 있는 마음에
때묻은 욕심이 깔려있기 때문이고

마음이 온통 기다림으로 가득찬 것은
사랑하는 마음을 꼭 잡으려는
애심이 두텁게 깔려 있기 때문이다

보송하고 깨끗한 미음은
고름과 주름과 기름을 거두어 낸
어진 생각이 낮아지고 어려져
조막손에 꼭 쥐고 있는 진심이
해맑은 동심이면 어떠하랴

겨울 강

저렇게 얼어 들어갈 때는
차가워지는 마음 알았을까

저 강 계절을 건널 때
툭툭 발길질했던 돌멩이가
강바닥을 밀치고 죄다 떠올라
실체를 드러내고 물길을 막았다

모사꾼의 눈물이던가
참방참방 흐르던 잔 물결도
재잘대던 실개천의 수다도
감언이설에 젖어 흐르기를 멈추었다

보아라!
흐르는 물도 차가움이 깊어지면
세상사 돌처럼 굳어 버린다

흐르는 물처럼 살라고 했던가
모사꾼의 눈물이 인연을 갈라 놓았던가
모사꾼의 웃음이 길을 막아 놓았던가
생각을 멈춘 강 할 일도 잊어버렸다

오만과 편견

확증편향의 주조음은
주춧돌을 맞추듯
빈틈 없이 모서리를 딱딱 맞추니
돌덩이 같은 오만과 편견은

다른 이의 생각을 차단하고
소통에 담을 견고하게 쌓는 일이다

결국 편견은 혼자가 되는 일이라
겸손한 언어는 한 치도 자라지 못하고
편견의 뿌리가 깊어지면
세치 혀로 오만한 언어는 숲을 이룬다

결국 오만도
저 혼자 하늘 높은 줄 모르는 일이다

그늘도 내리지 못하고
향기도 뿌리지 못하는
편견과 오만은 스스로 최고라서
하늘 아래 그 무엇도 필요치 않은
외롭고 시린 덩어리다

사랑은 아픔입니다

사랑해 본 사람은 압니다
아홉 번은 흔들리지 않으려
다짐하다 다짐하다
스스로 쓰러지는 일입니다

사랑해 본 사람은 압니다
이슬 같은 눈물방울로 제 몸을 씻고
뼈를 깎는 슬픔도 보듬고
기꺼이 그 길을 행복으로 걷는 사람입니다

사랑해 본 사람은 압니다
반짝이는 별빛을 관통하고도
붉은 살점 뜯기는 긴 슬픔과
더 깊은 외로움에 한참을 다녀와도
사랑의 힘으로
아프지 않아야 된다는 것을 압니다

사랑해 본 사람은 압니다
외로움을 이기지 못하는 여림과
괴로움을 기꺼이 이기는 강함이
사랑 그 덩어리라는 것을 압니다

제목 : 사랑은 아픔입니다
시낭송 : 박남숙
스마트폰으로 QR 코드를 스캔하면
시낭송을 감상할 수 있습니다

야화

얼마나 그리우면 꽃으로 피었나
기다리다 아련히 기다리다
더는 기다릴 수 없어 피웠을 거야

달빛 젖은 애련한 꽃이여!
피지 않고는 견디지 못할 세월이여!
한 번은 곱게 피어 죽어도 여한을 남기고 싶지 않았을 거야

이슬 젖은 처연한 꽃이여!
외로워 외로움에
낮은 자리보다 더 낮게 내려앉아
어둠에서도 기도했을 거야

고개 떨구는 아릿한 꽃이여!
흙빛 어둠 속 생경한 땅 박차고 돋아
밤마다 찬 이슬 달게 마시고
성난 바람도 받아안았을 거야

별빛 젖은 슬픈 꽃이여!
한 송이 꽃으로 피우기에
아홉 번은 흔들려 설레고
아홉 번은 아파하며 눈물짓고

신이 내린 갸륵한 마음
물관 열어 꽃피울 때
창백한 달빛이 은은한 눈으로
애달픈 야화를 보고 말았을 거야

착한 겨울

모던이의 소망을 담은 하얀 눈은
실패와 실수를 의심과 부정을
소리 없이 하얗게 덮어 주셨습니다

모던이의 사랑을 담은 캐럴은
믿음과 용서를 희망과 긍정을
은은한 빛으로 밝혀 주셨습니다

당신의 기도를 들어주신 천주의 뜻은
우리도 그와 같은 마음으로
덮어주고 밝혀주는 이웃이 돼라 합니다

설익어 흩어지는 관계를
섣불리 수락하지 않고
긴 겨울을 지켜보며 그 뿌리의
튼실함을 함께 보라 합니다

따스했던 햇살과 시원했던 소낙비와
달콤했던 가을바람의 고마움을
겨울은 잊지 말고 기억하라 합니다

모두 내어 주고 빈손이 된 겨울처럼
겸손한 들녘과 겸허한 숲은
올곧은 인내로 기다림을 알게 합니다

추억 속을 걸으며

제목 : 추억 속을 걸으며
시낭송 : 최명자
스마트폰으로 QR 코드를 스캔하면
시낭송을 감상할 수 있습니다

지난가을 함께 걷던 단풍길
낙엽은 모두 쓸었지만 그 길에
또다시 단풍잎이 쌓이고 있었지요

어느 해 함께 만든 눈사람은
흔적 없이 사라졌지만
하얀 눈은 또 이렇게 하염없이 내립니다

그리움에 젖은 마음
하얗게 말려 놓았는데
구름은 또다시 사랑비를 뿌립니다

계절은 가고 잊혀도
그대 그림자 우수에 젖은 채
무턱대고 내 마음에 들어서면
함께 걷던 추억 속을 자박자박 걸어봅니다

이내 흘린 눈물마다 곱다시 웃게 하고
애잔한 흔적마다 새 살을 돋게 하고
아픈 기억마다 꽃향기 피우는 그대

내 마음 빌어 가슴으로 피운 구절초
시들지 않게 다발 다발 엮어
바람이 지나는 창가에 걸어 두었어요

한 해를 보내며

연초에 다짐했던 일들은
안개처럼 흐려지고
경전을 읽어 내리고 성경을 품어도
누누이 다짐한 기도는 한낱 말뿐이었던가

내려놓고 비워라 자비를 외치고
용서하고 이해하라 은혜를 외쳐도
두 손에 쥐고 있던 욕심 덩어리가
근심 덩어리로 돌아온 것은 없었던가

사랑하라 사랑하라
열 번을 쓰고 백 번을 읽었어도
말처럼 쉽지 않은 작은 가슴은
때론 부족한 사랑이 발목을 잡습니다

화려한 말과 글로
심오한 진리가 머리에 남았어도
따뜻한 가슴이 없다면 무슨 소용일까요

명예를 얻고 부를 얻고
높은 자리 출세를 했어도
주변에 축하받지 못한다면
겉모습은 화사해도 그 속은 그늘져
쓸쓸하고 헛헛함뿐일 테죠

응당 두 다리 쭉 펴고
따뜻하게 누울 지리가 있고
구수한 된장찌개 보글보글 올려놓고
가족들과 마주하는 소박한 밥상이면
세상에 뭔들 부럽겠습니까

내 심장에 다시 핀 꽃

응어리진 어혈을 풀어 놓고
그 틈새를 비집고 꽃씨가 심기면
이완되는 깊은숨으로
고독을 갈라 꽃을 피웁니다

눅눅하게 저린 마음에 진향이 퍼지면
방글거리는 말초 신경은
다시는 뛸 것 같지 않은 심장으로
연신 사랑을 퍼다 나릅니다

이른 기다림 사랑이 올 때처럼
가망 없던 빙판 아래 물소리가 들리고
분홍빛 가슴 닫힌 창을 스르륵 올려
또르르 물길 하나 열어 놓았습니다

냉기를 갈라 피운 갈맷빛 추억은
어둡던 흙을 쪼아 꽃대를 쏘아 올리면
푸른 심장에 성근 별 하나 둘 피 듯
뛰는 가슴 위로 톡톡 꽃망울 터지는 소리에
애틋한 사랑을 소담스레 짓습니다

실수

실수를 안 하는 사람은 없다
하지만 같은 실수를
계속하는 사람도 없다

실수는 잘못이 아니므로
누구나 씩 미소 짓고 등을 토닥이며
다음에는 그러지 않기를 바란다

똑같은 실수를 계속하게 되면
누구도 실수로 보지 않는다

나이가 많다고 해서
모두가 어르신이 아닌 것처럼
기준을 벗어나고 혼자 고집부리면
노인네라는 말을 듣는다

많은 일을 하는 것보다
일을 바르게 하는 것이 좋고
행동이 따르지 않는 말보다
소소한 기준을 지키는 것이 좋다

이해가 되지 않고
실수와 잘못을 구분할 수 없다면
같은 실수를 계속하여
미안하다는 말을 반복하고 있는지 보라

1월에 띄우는 엽서

새벽이슬 똑똑 받은 정화수에
첫 달 첫 마음 소원을 놓고
일 년을 하루같이 두 손 모아 기도하라

살다가 답답해진다면
정화수 맑은 물에 얼굴을 비추고
새해 첫날 기도한 그 마음을 기억 하라

살다가 지치면
정화수 맑은 물 한 모금 마시고
첫 달 첫날에 다짐한 새벽을 생각 하라

살다가 힘겨우면
정화수 맑은 물에 제 몸을 씻고
다소곳이 두 손 모았던 소원을 보라

살다가 앞이 보이지 않는다면
무엇이 더 중요한지
무엇을 더 먼저 해야 하는지
고요하게 마음 길로 들어가 보아라

새벽같이 맑은 생각이 길을 열어주면
의심치 말고 힘차게 걸어가라
비록 그 길이 헛걸음이라도 멈추지 마라

걷던 길이 없어지고 막혔다면
약속의 영토는 남아 있을 것이다
새 가지를 내는 우람한 나무같이
끝난 길이라 막막하다면
새해가 다가오듯 새 길을 열어 가라

새처럼 가볍게 살아 볼까요

으뜸가는 진수성찬
제아무리 많아도 보고만 있을 뿐
하루 세 끼요

고래등 같은 저택에 살아도
내 몸 누울 땅은 백 평이 아니라
한평이면 족하다

불어 가는 바람은 흔적이 없고
날아가는 새는 발자국이 없어
오가는 천리 길 구름만 같아라

이 넓은 땅 한 발짝 떼기도 버거운 사람아
육중한 자동차 발바닥에 붙이고
거대한 집을 허리춤에 깔아 놓았더냐

소박한 밥상 검소한 마음이면
생각이 자유롭고 발걸음이 가벼워
새처럼 날아다니겠네

무거운 짐 모두 내려놓고
어깨가 가벼워진 날개를
비었다고 없다고 눈 흘기는 사람아
깃털처럼 가벼워야 날 수 있을 게다

굽어 가는 길

에둘러 가는 길이 더디어
발 바닥은 아플 수 있으나
솔향기 가득 채워 맑아지면 좋겠다

굽이굽이 굽어가는 길이라
한없이 늦어지겠지만
무사 무탈하여 사고 날 염려가 없고
조바심 없어 평안하지 않을까

급하게 달리면 지치거나
돌부리에 넘어지기도 하겠지만
희망을 안고 뉘엿뉘엿 가는 길이라
자리자리마다 풍류가 있지 싶다

부표도 이정표도 없는 길이지만
골짜기마다 단풍길 꽃길 꿈길
시가 있고 소설이 있고
그림이 있고 노래가 있어

지칠 때마다 산자락과 달빛이
무량으로 품어 길을 내어주니
세상 구경하다가
가는 길이 좀 늦어지더라도
무사 무탈하게 여유롭게 걸어 볼까

심는 대로 거두는 진리

우리는 가끔
콩을 심고 팥이 열리기를
기다려 본 일이 있지 않았을까

때론 불씨를 심고
꽃이 피기를 바란 적은 없었을까

산자락에 앉아
강물이 보이지 않는다고
목말라 할 때가 있었고
바닷가에 앉아 그늘이 없다고
투덜댄 적이 있었다

그대 마음에 천 불이 인다면
아마도 불씨를 심었을 테고
그대 마음에 꽃향기 번진다면
꽃씨를 뿌려 놓았을 테다

그대 마음 터에 잡초가 무성하다면
낱낱이 갈아엎어 꽃씨 뿌리고
열매 맺을 사랑 나무를 심어야 할 테다

풀이 무성한 잡초 밭에 앉아서
단맛의 열매를 기다리는 것은 아닐까
이랑 이랑 뒤덮은 검불을 거두고
열매 맺을 씨앗을 촘촘히 뿌려 볼까

믿음에 대하여

나무가 자라는 것을 보았던가
꽃이 피는 것을 보았던가
보지 않아도 자라고 피었다

온다는 소식도 없고
간다는 말은 없어도
오고 가는 마음 길 천리를 걸었다

뿌리지 않아도 안개비에
어느 순간 옷은 흠뻑 젖었고
축축한 빨래는 저 혼자 바싹 말랐다

소리 없는 눈빛만으로도 말은 되고
말 없는 미소만으로도 알아듣고
말하지 않아도 가슴은 느낀다

외진 곳에 피어도 꽃은 향기로 말하고
새는 울어도 눈물이 없으니
보이지 않고 잡히지 않아 남루해도

화려하고 거창한 상투적인 말보다
진실이 담긴 우수에 찬 눈빛
진심이 담긴 목소리라면 어떨까

높이 올라 멀리 볼까요

세상사 꼴 보기 싫다고
두 눈을 감아 버리면
그림 같은 풍경도 볼 수 없고

인생사 듣기 싫다고
두 귀를 막아 버리면
음악 같은 선율도 들을 수 없음이다

오르기 힘들다고
산을 보고도 오르지 않으면
멀리 볼 수 없음이고

건너기 힘들다고
강을 보고도 건너지 않는다면
멀리 갈 수 없음이다

눈은 뜨고 있지만
나쁜 것은 보지 말고
귀는 열어 두었지만
나를 괴롭히는 것은 흘려보내면
높이 올라 멀리 볼 수 있음이다

당신의 목도리

작은 마음 하나가
가슴을 따뜻하게 데우니
부풀어 오른 맥은 총총 빨라진다

빈 마음 포근히 감싸고
허전한 가슴 따뜻하게 덮어
냉기를 걷어 차고 온기를 가득 채우니
어떤 겨울옷에 비할쏘냐

어제의 우울한 감기와
내일의 불안한 몸살을 단번에 다독이는
사랑의 목도리는 처방 없이도
따뜻한 백신 되어 혈관 따라 흘러요

엄동설한 폭풍 한설
찬바람이 허리 춤을 휘감으면
한 올 한 올 엮은 내 마음으로
당신의 목을 포근히 감싸 보세요

한 겨울이 외롭지 않게
한 겨울이 쓸쓸하지 않게
겨울 사랑 포근히 감싸주는 목도리로
시린 마음 단단히 동여매고
겨울바람 빈틈 없이 막아 볼까요

행복한 바다

그대는 날마다 날이 되고
나는 매일 씨가 되어
사계절 날씨를 알 수 있으니
바다가 그리운 날 물빛에 젖을 테죠

지는 해가 어둠을 돌고 돌아
뜨는 해로 아침마다 희망을 낳아 주면
숲은 저 혼자 바람에 춤추고
샘은 저절로 졸졸 바다로 갈 테죠

먹장구름 걷힌 쪽빛 하늘은
비바람 먹구름은 오래 머물 수 없다며
눈물과 웃음 사이로 오가는
시계 추와 같이 파도 노래 들려줍니다

하마 세상사 시끄러워
만고에 부서지고 깨지면시 살아도
은 모래 흰 파도는 은은히 밀고 당기며
물빛 그리움을 조율할 때
별이 내리는 바다는 밤새 사랑하다
아침마다 햇덩이를 쑥쑥 낳아줍니다

행복하고 싶습니까

행과 불행의 마지노선은
그 잣대가 수학공식같이
똑 떨어지는 정답이 아닐 테죠

무엇을 해도
받아들이는 테두리가 다르니
만족하는 삶은 행복할 것이요
무엇을 해도 불만족한 삶은 불행할 테죠

바닥을 기어 다니는 작은 개미도
그들끼리 행복할 수도 있고
땅보다 더 낮은 바닷속 해초는
너울너울 춤추니 불만 없어 행복할까요

높은 나무에 올라앉아
아래로 내려다보고도
불만투성이라면 불행할 테죠

오르지 못해 안간힘 쓰면서
깊어지는 주름보다
키 작은 나무끼리 어깨동무하면
세상에 불행할 이유가 없을 것이요

단칸방에 기름진 음식 아니어도
마음이 평화로우면 행복할 테고
고택 담장에 능소화가 흐드러져도
불평 불만이 가득하다면
어찌 행복할 수 있을까요

영혼으로 빚은 햇살 같은 시

지은경 (시인·문학박사·문학평론가)

정직한 글은 글쓴이의 가치관과 품격을 담고 있어 빛나게 된다. 단한 줄의 글로 사람의 마음을 움직일 수 있다면 우리는 그런 글을 생명력이 있는 글이라고 말한다. 글 속에는 글쓴이의 마음과 정신이 녹아있어 '글은 곧 그 사람'이라고 말하는 것에 부합된다. 글에도 향기가 있어 사람을 매혹 시킨다. 엘리엇은 "좋은 시는 이해되기 전에 이미 전달된다"고 말했다. 그래서 좋은 글은 누가 읽어도 이해되고 감명받는 이유이다.

오션 이민숙 님은 시인이며 피아니스트이다. 문학의 장르 중에 시는 음악과 미술이 밀접한 관계에 있다. 시의 운율은 음악성과 관계있고, 미술은 시의 이미지와 관계있다. 그의 시들은 문학적 감수성과 음악적 감수성이 흉합하고 확장하여 감동을 이끌어낸다. 이민숙 시인의 시가 sns에서 인기가 있다는 것은 벌 나비가 꽃의 향기를 찾아 멀리서 날아오듯이 시의 향기를 지녔다는 의미로 해석된다. 또한 시인은 솔직하고 성실하며 용감하고 의협심이 강하다. 솔직하다는 것은 진실을 말하는 것이고 성실하다는 것은 그 진실을 실천하는 사람이다. 누구나 말은 쉬워도 행동으로 보이기는 쉽지 않다. 그는 옳지 않은 것을 보면 서슴없이 바른말을 하는 곧은 시인이다. 이민숙 시인의 정신이 담긴 대표 시를 살펴보자.

자꾸만 작아지는 비누가
당신을 빛나게 만들어 주듯
가끔은 내가 작아져도
당신이 빛날 때 세상은 밝아져요

몸을 태워 세상을 밝히는 촛불처럼
가끔은 내 속이 타더라도
곁이 밝아진다면 세상은 따듯해져요

흐드러지게 곱게 핀 꽃들은
그윽한 향기를 가득 주지만
꽃은 당신에게 무엇도 바라지 않아요

탐스럽게 익은 열매를 매달아 놓고
나무는 절대로 먹지 않아요
자식들 먹거리를 챙겨놓듯
나무는 당신을 위해 영글어 놓았어요

우리도 가끔은 나보다 당신을
먼저 생각해 보기로 해요
내가 받은 상처가 아플 때
나는 누구에게 상처를 주지 않았나
가끔은 그렇게 생각해 보기로 해요

상대를 헤아리는 어진 사람은
더불어 행복한 길을 사붓이 걷는
따뜻한 사람이 아닐까요
　　　　－시 「당신을 생각해 보아요」 전문

위 시는 경어체의 잠언적인 시로 타인에 대한 감사와 배려와 사랑의 마음을 구체적인 감성으로 육화시키고 있다. '비누'와 '촛불'과 '꽃의 향기'와 '나무의 열매'를 차용하여 희생이 주는 아름다움과 고마움을 때 묻지 않은 진술한 언어로 시를 형상화한다. 시인은 맹자의 사단설四端設에 나오는 사양지심辭讓之心 (겸손하여 남에게 사양할 줄 아는 마음)이야말로 인간이 아름답게 사는 방법임을 맛깔나고 호소력 있게 독자를 일깨우고 있다. 사실 배려와 감사가 없는 사회는 비정한 사회이다. '25시'의 작가 게오르규도 "시인의 마음을 아프게 하는 사회는 병든 사회"라고 말하였다. 시의 마지막 연에 타인에 대한 배려를 '어진 사람'이라고 칭하며 더불어 사는 것이 행복의 길이니 따뜻하게 살아야되지 않겠느냐고 반문하는 것에서 시인의 정신을 보게 된다. 다른 시들도 정직하고 따뜻한 마음을 보여주는 휴머니즘의 시들로써 시인의 인생 철학을 담고 있어 돋보인다.

타인을 헤아릴 줄 아는 사람은 선량하고 어진 사람이다. 우리의 일상사는 긴장 속에 희망과 실망이 밀당하지만 실망과 희망은 서로 기대어 더불어 사는 것이 인생이다. 시인이 SNS에 올린 시에 수천 명의 팔로워가 있다는 것은 시의 향기가 사람의 마음을 편하게 하는 진정성 있는 글로 감동을 주고 있기 때문일 것이다. 이는 대중과의 소통을 증명하는 것이며 독자의 감수성을 자극할 만큼 언어 감각, 시적 감수성, 사유능력 등이 총체적으로 어우러져 인식의 명증성과 감미로운 시적 감수성으로 빛나고 있다.

디지털 문화 속에서 정서적으로 메마를 수밖에 없는 현대인에게 이민숙 시인의 시가 대중의 사랑을 받고 있어 기쁘다. 세 번째 시집 『오선지에 뿌린 꽃씨』 출간을 축하드리며 시에 대한 사랑과 열정에 경의를 표한다. 아름다운 시심을 샘물처럼 길어내어 대중의 마음을 위로하고 한국 시단을 빛내주기 바란다.

오선지에 뿌린 꽃씨

이민숙 제3시집

2022년 3월 28일 초판 1쇄
2022년 3월 30일 발행
지 은 이 : 이민숙
펴 낸 이 : 김락호
디자인 편집 : 이은희
기 획 : 시사랑음악사랑
연 락 처 : 1899-1341
홈페이지 주소 : www.poemmusic.net
E-Mail : poemarts@hanmail.net

정가 : 12,000원
ISBN : 979-11-6284-354-3